POÈMES DIVERS

François-René de Chateaubriand

Edition : Culturea (culurea.fr), 34 Hérault
Contact : infos@culturea.fr
Impression : BOD, Norderstedt (Allemagne)
ISBN : 9791041979714
Date de publication : juillet 2023
Mise en page et maquettage : https://reedsy.com/
Cet ouvrage a été composé avec la police Bauer Bodoni

SOUVENIR DU PAYS DE FRANCE

Poésie et Poème

Romance.

Combien j'ai douce souvenance

Du joli lieu de ma naissance !

Ma soeur, qu'ils étaient beaux les jours

De France !

O mon pays, sois mes amours

Toujours !

Te souvient-il que notre mère,

Au foyer de notre chaumière,

Nous pressait sur son coeur joyeux,

Ma chère ?

Et nous baisions ses blancs cheveux

Tous deux.

Ma soeur, te souvient-il encore

Du château que baignait la Dore ;

Et de cette tant vieille tour

Du Maure,

Où l'airain sonnait le retour

Du jour ?

Te souvient-il du lac tranquille

Qu'effleurait l'hirondelle agile,

Du vent qui courbait le roseau

Mobile,

Et du soleil couchant sur l'eau,

Si beau ?

Oh ! qui me rendra mon Hélène,

Et ma montagne et le grand chêne ?

Leur souvenir fait tous les jours

Ma peine :

Mon pays sera mes amours

Toujours !

LE SOIR AU BORD DE LA MER

Poésie et Poème

Les bois épais, les sirtes mornes, nues,

Mêlent leurs bords dans les ombres chenues.

En scintillant dans le zénith d'azur,

On voit percer l'étoile solitaire :

A l'occident, séparé de la terre,

L'écueil blanchit sous un horizon pur,

Tandis qu'au nord, sur les mers cristallines,

Flotte la nue en vapeurs purpurines.

D'un carmin vif les monts sont dessinés ;

Du vent du soir se meurt la voix plaintive ;

Et mollement l'un à l'autre enchaînés,

Les flots calmés expirent sur la rive.

Tout est grandeur, pompe, mystère, amour :

Et la nature, aux derniers feux du jour,

Avec ses monts, ses forêts magnifiques,

Son plan sublime et son ordre éternel,

S'élève ainsi qu'un temple solennel,

Resplendissant de ses beautés antiques.

Le sanctuaire où le Dieu s'introduit

Semble voilé par une sainte nuit ;

Mais dans les airs la coupole hardie,

Des arts divins, gracieuse harmonie,

Offre un contour peint des fraîches couleurs

De l'arc-en-ciel, de l'aurore et des fleurs.

INVOCATION

Poésie et Poème

Je voudrais célébrer dans des vers ingénus

Les plantes, leurs amours, leurs penchants inconnus,

L'humble mousse attachée aux voûtes des fontaines,

L'herbe qui d'un tapis couvre les vertes plaines,

Sur ces monts exaltés le cèdre précieux

Qui parfume les airs, et s'approche des cieux

Pour offrir son encens au Dieu de la nature,

Le roseau qui frémit au bord d'une onde pure,

Le tremble au doux parler, dont le feuillage frais

Remplit de bruits légers les antiques forêts,

Et le pin qui, croissant sur des grèves sauvages,

Semble l'écho plaintif des mers et des orages :

L'innocente nature et ses tableaux touchants,

Ainsi qu'à mon amour auront part à mes chants.

(écrit à l'âge de 16 ans)

LE DÉPART

Poésie et Poème

Paris, 1827.

Compagnons, détachez des voûtes du portique

Ces dons du voyageur, ce vêtement antique,

Que j'avais consacrés aux dieux hospitaliers.

Pour affermir mes pas dans la course prochaine,

Remettez dans ma main le vieil appui de chêne

Qui reposait à mes foyers.

Où vais-je aller mourir ? Dans les bois des Florides ?

Aux rives du Jourdain, aux monts des Thébaïdes ?

Ou bien irai-je encore à ce bord renommé,

Chez un peuple affranchi par les efforts du brave,

Demander le sommeil que l'Eurotas esclave

M'offrit dans son lit embaumé ?

Ah ! qu'importe le lieu ? Jamais un peu de terre,

Dans le champ du potier, sous l'arbre solitaire,

Ne peut manquer aux os du fils de l'étranger.

Nul ne rira du moins de ma mort advenue ;

Du pèlerin assis sur ma tombe inconnue

Du moins le pas sera léger.

LA FORÊT

Poésie et Poème

Forêt silencieuse, aimable solitude,

Que j'aime à parcourir votre ombrage ignoré !

Dans vos sombres détours, en rêvant égaré,

J'éprouve un sentiment libre d'inquiétude !

Prestiges de mon coeur ! je crois voir s'exhaler

Des arbres, des gazons une douce tristesse :

Cette onde que j'entends murmure avec mollesse,

Et dans le fond des bois semble encor m'appeler.

Oh ! que ne puis-je, heureux, passer ma vie entière

Ici, loin des humains !... Au bruit de ces ruisseaux,

Sur un tapis de fleurs, sur l'herbe printanière,

Qu'ignoré je sommeille à l'ombre des ormeaux !

Tout parle, tout me plaît sous ces voûtes tranquilles ;

Ces genêts, ornements d'un sauvage réduit,

Ce chèvrefeuille atteint d'un vent léger qui fuit,

Balancent tour à tour leurs guirlandes mobiles.

Forêts, dans vos abris gardez mes voeux offerts !

A quel amant jamais serez-vous aussi chères ?

D'autres vous rediront des amours étrangères ;

Moi de vos charmes seuls j'entretiens les déserts.

NUIT DE PRINTEMPS

Poésie et Poème

Le ciel est pur, la lune est sans nuage :

Déjà la nuit au calice des fleurs

Verse la perle et l'ambre de ses pleurs ;

Aucun zéphyr n'agite le feuillage.

Sous un berceau, tranquillement assis,

Où le lilas flotte et pend sur ma tête,

Je sens couler mes pensers rafraîchis

Dans les parfums que la nature apprête.

Des bois dont l'ombre, en ces prés blanchissants,

Avec lenteur se dessine et repose,

Deux rossignols, jaloux de leurs accents,

Vont tour à tour réveiller le printemps

Qui sommeillait sous ces touffes de rose.

Mélodieux, solitaire Ségrais,

Jusqu'à mon coeur vous portez votre paix !

Des prés aussi traversant le silence,

J'entends au loin, vers ce riant séjour,

La voix du chien qui gronde et veille autour

De l'humble toit qu'habite l'innocence.

Mais quoi ! déjà, belle nuit, je te perds !

Parmi les cieux à l'aurore entrouverts,

Phébé n'a plus que des clartés mourantes,

Et le zéphyr, en rasant le verger,

De l'orient, avec un bruit léger,

Se vient poser sur ces tiges tremblantes.